DELPHINE DE MONTALIER

## MA VIE EN GREEN

# Cru

photographies de David Japy
stylisme de Elodie Rambaud
illustrations de Jane Teasdale

Marabout

# Sommaire

| | |
|---|---|
| Le matériel .................................................. 4 | Plein de tomates & gingembre ............................. 36 |
| Le placard du cru ........................................ 6 | Radis blanc râpé, sauce thaïe ................................ 38 |
| Je fais mes graines germées ..................... 7 | Taboulé de graines germées ................................. 40 |
| Les produits ................................................ 8 | Betterave crue, noix & pamplemousse ............. 42 |
| | Carpaccio de légumes ............................................. 44 |
| | Fenouil, olives & piment ......................................... 46 |
| | Carpaccio de betteraves multicolores ............... 48 |
| | Pak choï & bonite séchée ..................................... 50 |
| | Salade de légumes & poutargue .......................... 52 |
| | Pad thaï tout cru ..................................................... 54 |

## Soupe

- Soupe verte aux graines ........................... 10
- Soupe épinards avocat & gingembre ..... 12
- La soupe d'India ....................................... 14
- Soupe hot ................................................... 16
- 3C ................................................................. 18
- Gaspacho vert ............................................ 20
- Gaspacho classique ................................... 22
- Concombre noa & menthe ..................... 24
- Soupe énergisante .................................... 26

## Salade

- Salade d'algues .......................................... 28
- Tartare légumes & graines en tout genre ... 30
- Rouleaux de chou & petites sauces ....... 32
- Salade toute verte & colza ...................... 34

## Jus

- Jus d'herbe n° 1 ........................................................ 56
- Jus d'herbe n° 2 ........................................................ 58
- Jus d'herbe n° 3 ........................................................ 60
- Smoothie vert GLT7 ................................................ 62
- Smoothie vert JIG42 ................................................ 64
- Smoothie vert ER ..................................................... 66
- Smoothie vert MMB ................................................ 68
- Smoothie sucré Maé ................................................ 70
- Smoothie sucré Java ................................................ 72

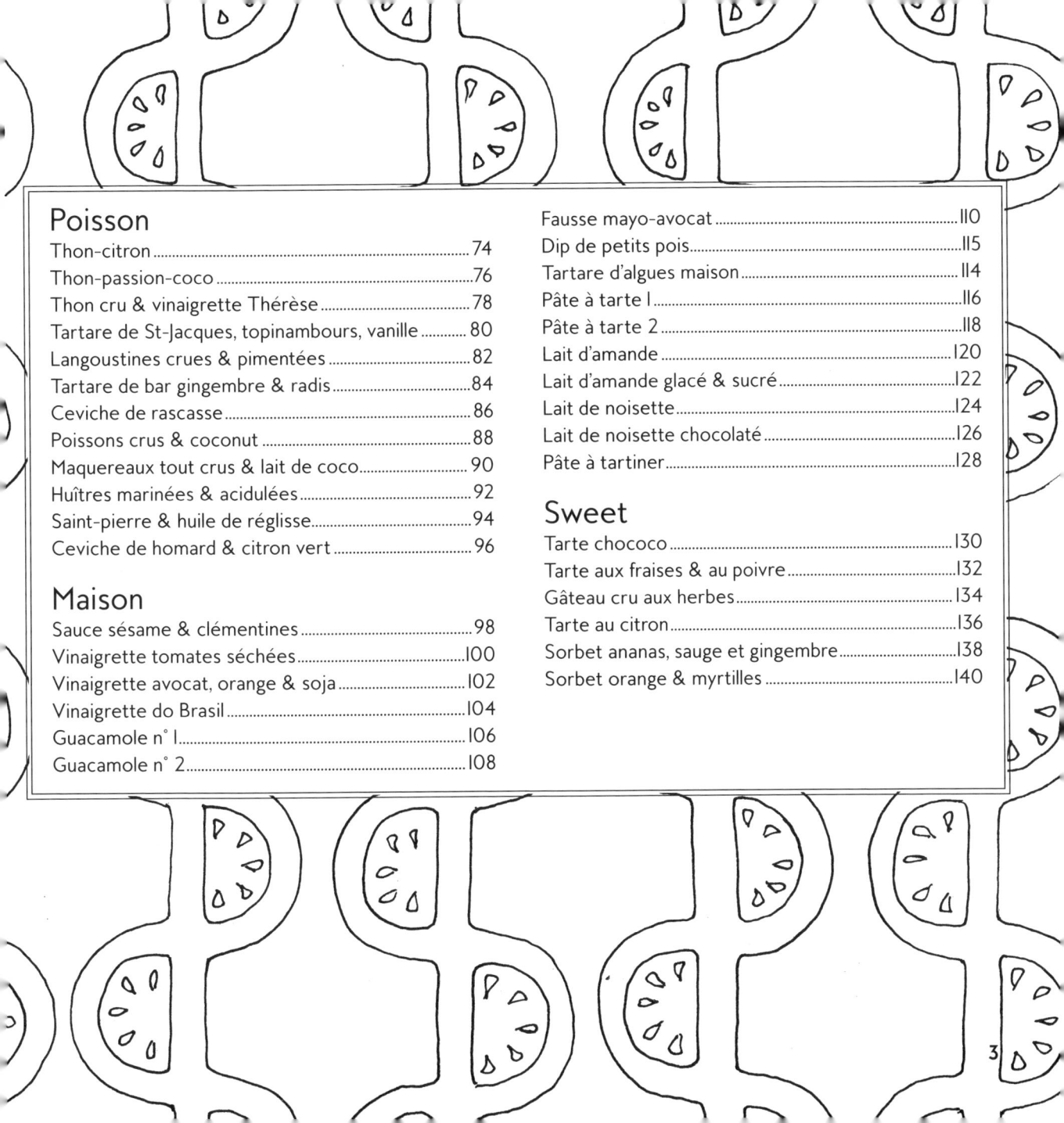

## Poisson

Thon-citron .................................................................. 74
Thon-passion-coco ...................................................... 76
Thon cru & vinaigrette Thérèse ................................. 78
Tartare de St-Jacques, topinambours, vanille ......... 80
Langoustines crues & pimentées ............................... 82
Tartare de bar gingembre & radis ............................. 84
Ceviche de rascasse .................................................... 86
Poissons crus & coconut ............................................ 88
Maquereaux tout crus & lait de coco ...................... 90
Huîtres marinées & acidulées .................................... 92
Saint-pierre & huile de réglisse .................................. 94
Ceviche de homard & citron vert ............................ 96

## Maison

Sauce sésame & clémentines ..................................... 98
Vinaigrette tomates séchées ..................................... 100
Vinaigrette avocat, orange & soja ........................... 102
Vinaigrette do Brasil .................................................. 104
Guacamole n° 1 ......................................................... 106
Guacamole n° 2 ......................................................... 108
Fausse mayo-avocat .................................................. 110
Dip de petits pois ...................................................... 115
Tartare d'algues maison ............................................ 114
Pâte à tarte 1 ............................................................. 116
Pâte à tarte 2 ............................................................. 118
Lait d'amande ............................................................ 120
Lait d'amande glacé & sucré .................................... 122
Lait de noisette ......................................................... 124
Lait de noisette chocolaté ....................................... 126
Pâte à tartiner ........................................................... 128

## Sweet

Tarte chococo ........................................................... 130
Tarte aux fraises & au poivre .................................. 132
Gâteau cru aux herbes ............................................. 134
Tarte au citron .......................................................... 136
Sorbet ananas, sauge et gingembre ........................ 138
Sorbet orange & myrtilles ........................................ 140

# LE MATÉRIEL

À la seule lecture de ce livre, vous n'allez certainement pas décider de changer de mixeur, de blender ou de râpe, et investir dans un extracteur de jus, une centrifugeuse, un four solaire ou encore un déshydrateur ! Ce n'est pas le propos, et ce n'est sans doute pas la peine. À moins de vouloir adopter dès à présent une alimentation purement crue, vous pouvez très bien vous débrouiller (ou presque) avec le matériel à disposition chez vous. Il y a tout de même quelques règles à suivre pour profiter au mieux de cette alimentation « vivante » et puiser ainsi toutes les vitamines, tous les oligoéléments, etc..., que nous trouvons dans ces produits « bruts » !

## Pour mixer, extraire, amalgamer...

### LE MIXEUR ET LE BLENDER

Avec un bon mixeur assez puissant, on peut réaliser des soupes, des jus, des sauces sans aucun problème. Si nécessaire, n'hésitez pas à filtrer la préparation puis à la mixer à nouveau. Procédez en plusieurs impulsions de 30 secondes, pour éviter de trop chauffer le mélange et de perdre des vitamines ! Un bon blender est aussi une excellente solution pour les soupes, les jus et les sauces.

### LA CENTRIFUGEUSE ET L'EXTRACTEUR DE JUS

Pour les jus, la centrifugeuse est un bon outil. Mais attention ! Elle ne doit pas tourner trop vite, faute de quoi elle chaufferait les aliments ! Encore mieux qu'une centrifugeuse, l'extracteur de jus est idéal pour récupérer tout ce qu'il y a de bon. Attention, il y en a pour tous les goûts et pour toutes les bourses...

## Pour déshydrater, sécher...

### LE DÉSHYDRATEUR

Il permet de déshydrater et de faire sécher les fruits et les légumes de saison pour les conserver. C'est un appareil électrique qui chauffe et fait circuler de l'air dans un récipient fermé.

### LE FOUR

J'ai la chance d'avoir un four capable de chauffer à seulement 40-50 °C à chaleur tournante. Alors, de temps en temps, pour déshydrater mes fruits, je les place (taillés en tranches) sur plusieurs grilles et je patiente, car c'est très long !

## Pour couper, émincer, trancher...

### LE ROBOT MÉNAGER

A priori, on en a tous un à la maison avec plus ou moins d'ustensiles en tout genre. Ne le sous-estimez pas ! Il va vous servir pour réaliser beaucoup de recettes de ce livre.

### LA RÂPE MULTIFONCTIONS, LE « SPIRAL SLICER »

Choisissez un équipement de pro avec des lames affûtées, des matériaux solides et faciles d'entretien... Vous garderez votre ustensile plus longtemps.

### LE COUTEAU, LE RASOIR À LÉGUMES (OU ÉCONOME)

Avec juste un bon couteau très bien aiguisé et un rasoir (ou couteau économe), on peut vraiment s'amuser avec ses légumes. Ils sont la base indispensable !
Rien qu'avec le rasoir ou le couteau économe, vous pourrez faire des tranches très fines, des carpaccios de légumes, etc… Choisissez un couteau assez court pour les petits légumes et un plus long pour les carottes, les panais et autres grosses pièces.
Pour les préparations plus techniques, comme les carpaccios ou les tartares de viande ou de poisson, n'hésitez pas à investir un peu dans du bon matériel que vous garderez longtemps sans avoir à l'aiguiser à chaque utilisation.
Les couteaux en céramique sont extraordinaires, mais il faut qu'ils soient de très bonne qualité : évitez les produits discount et autres promos, qui sont souvent de pâles copies.
Une fois de plus, attention à vos doigts quand vous tranchez, émincez, incisez…

### LA PLANCHE À DÉCOUPER

C'est une bonne idée d'avoir plusieurs planches à découper dans la cuisine. Idéalement, il faudrait en posséder trois : une pour les légumes et les fruits, une pour la viande et une pour le poisson. Quant à savoir s'il faut les prendre en plastique, en bois ou en verre, c'est vraiment une question de goût et d'utilisation au quotidien.
J'aime bien ma planche en plastique, car sa surface n'est pas poreuse et je peux la mettre facilement au lave-vaisselle.
J'utilise aussi très souvent ma planche en bambou, même si je dois bien la nettoyer après chaque utilisation.
Petite astuce : nettoyez-la de temps en temps avec un peu de vinaigre blanc.

## Pour faire pousser, germer…

### LE GERMOIR

La germination est le développement du germe hors de la graine. En principe, trois jours suffisent pour que les pousses apparaissent. Une seule règle, et elle est très simple : les graines doivent être humides mais pas noyées.

# LE PLACARD DU CRU

Une chose est sûre : je ne vous demande pas de vous précipiter directement dans votre magasin bio préféré pour remplir vos placards de tous ces ingrédients !

La liste est établie à titre indicatif, pour vous donner une idée des produits de base qui peuvent être associés à vos aliments crus... Ensuite, le mieux est de procéder au fur et à mesure selon votre humeur et vos goûts, et surtout en fonction des recettes que vous souhaitez réaliser. J'ai rajouté des astérisques aux produits plus « indispensables » et qui reviennent souvent dans mes recettes.

### ÉPICES
cannelle
cumin***
gingembre***
noix de muscade
piment de Cayenne
piment d'Espelette
poivre du Sichuan
poivre noir

### FRUITS SECS
dattes***
figues
raisins secs

### ÉDULCORANTS
miel non pasteurisé
sirop d'agave
sirop d'érable
sucre cassonade
sucre vergeoise
sucre brut Rapadura®

### LAITS ET CIE
eau de coco
lait d'amande
lait de coco
lait de noisette
lait de soja

### NOIX ET GRAINES
amandes***
cacahuètes
graines de chia
graines de courge***
graines de fenouil***
graines de lin***
graines de moutarde
graines de pavot
graines de sésame***
graines de sésame noir
graines de tournesol
autres graines : carvi, chanvre, nigelle...
noisettes
noix de cajou***
noix de macadamia
pignons
pistaches

### ASSAISONNEMENTS
miso blanc
sauce nuoc-mâm
sauce soja bio***
sel de l'Himalaya
sel de mer***
fleur de sel
gomasio
tamari

### CRÈMES & PURÉES
beurre de noix de coco
crème de sésame (tahin)***
purée de noisetteS***
purée d'amandes***
purée de noix de cajou

### HUILES & VINAIGRES
crème de vinaigre
balsamique
huile de courge***
huile de noisette
huile de pépin de raisin
huile d'olive extra-vierge
pressée à froid***
autres huiles : sésame, tournesol, colza...
vinaigre de cidre
vinaigre de riz
vinaigre de vin
vinaigre d'umebosis

### INGREDIENTS DIVERS
algues alimentaires : dulse, feuilles de nori ou wakame
bonite séchée
câpres
citron confit
feuilles d'huîtres
feuilles de shiso
gousse de vanille
lécithine de soja
poudre de caroube
ou de cacao
Tabasco®
tomates séchées
wasabi

# JE FAIS MES GRAINES GERMÉES !

Quel plaisir de consommer les petites graines que l'on aura fait pousser soi-même ! Ça me rappelle l'école primaire, quand on s'amusait à faire pousser des lentilles dans du coton… et ça marchait déjà ! La germination s'accompagne d'une réaction biochimique et enzymatique qui donne aux graines germées et aux jeunes pousses de « super-pouvoirs diététiques ». En gros, les vitamines, les minéraux et les acides aminés essentiels sont multipliés, et on obtient un concentré de vitalité, d'où l'intérêt de consommer ces aliments crus pour récupérer tous ces super-pouvoirs !

## Les types de graines

Une très grande variété de graines se prêtent à la culture.

**LES CÉRÉALES**
Avoine, blé, épeautre, maïs, orge, riz, Kamut®, quinoa, sarrasin…

**LES LÉGUMINEUSES**
Lentille, haricot blanc ou rouge, pois chiche, petit pois, alfalfa, luzerne…

**LES OLÉAGINEUX**
Sésame, tournesol, lin, amande, noisette.

**LES POTAGÈRES OU AROMATIQUES**
Carotte, céleri, fenouil, radis, poireau, roquette, basilic…

## Dans un bocal en verre

Dans un premier temps, si vous n'avez jamais fait pousser de graines, essayez avec un bocal en verre. Rincez et égouttez vos graines (une seule variété). Mettez 1 à 2 cuillères à soupe de graines dans le fond du bocal (bien propre) et couvrez-les d'eau. Couvrez le bocal d'un morceau de mousseline maintenu en place par un élastique et laissez tremper une nuit. Le lendemain, égouttez puis rincez les graines. Procédez ainsi pendant 3 jours (égouttage et rinçage : trois fois par jour).

## Avec un germoir

Commencez par faire tremper 2 à 3 cuillères à soupe de graines (environ 10 à 15 g) dans de l'eau de source. Comptez 1 heure pour les plus petites et jusqu'à 12 heures pour les plus grosses. C'est ce qu'on appelle le réveil. Placez ensuite vos graines sur les plateaux du germoir. Posez le couvercle et arrosez d'eau du robinet deux fois par jour. Dès qu'un petit germe blanc apparaît, les graines sont prêtes à la consommation. Vous pouvez prolonger la germination pour obtenir des pousses plus longues et vertes en mettant votre germoir à la lumière pendant 2 à 3 jours supplémentaires. Continuez à arroser régulièrement vos pousses pour les rincer. Un dernier conseil important : rincez soigneusement vos pousses avant de les consommer.

# LES PRODUITS

## Les légumes crus

Les légumes crus regorgent de vitamines, de minéraux et d'antioxydants. Mais attention ! Quand nous chauffons ces nutriments au-delà de 43 °C, nous les détruisons ou les perdons. L'idéal est donc de consommer les légumes en jus, en soupe ou en smoothie pour puiser toute leur richesse. L'important est de bien choisir son matos. S'il n'est pas adapté, il pourrait trop les chauffer et réduire à néant tous ces éléments essentiels… Voici mes petits conseils pour optimiser la consommation de vos légumes crus et adopter les bons réflexes.

- S'il fallait ne retenir qu'une seule chose, ce serait la qualité : mieux vaut consommer en petite quantité mais choisir des légumes de qualité. Sinon, autant manger de la boîte ! On trouve de bons légumes en se tournant vers l'agriculture biologique ou raisonnée. Cette tendance est controversée, mais il n'empêche que ces légumes contiendront moins de produits chimiques que les autres. À vous de faire le tri et de trouver le maraîcher en qui vous aurez confiance ou le magasin bio qui vous satisfera !

- Conseil important : si vous ne voulez pas ou que vous ne pouvez pas acheter bio, je vous conseille vivement de laver, de brosser ou d'éplucher vos légumes. Avec des légumes bio, ce n'est pas nécessaire, et vous pouvez bénéficier des nombreux éléments vitaux que renferme la peau des légumes.

- Choisissez des légumes bien frais : ils peuvent avoir une drôle de tête, une forme bizarre, être couverts de terre, etc., mais ils ne doivent surtout pas avoir l'air « fatigués », être abîmés ou être tachés. Ne prenez que des légumes de saison, et si possible de proximité. Ça peut paraître évident, mais il est important de le rappeler. Ils seront meilleurs, et ce sera votre geste écologique pour la planète ! N'achetez pas en grosse quantité : les légumes s'abîment rapidement. Conservez-les dans le bac à légumes du frigo ou dans un endroit frais à l'abri de la lumière. Ne les préparez pas trop à l'avance, consommez rapidement ce que vous avez cuisiné et buvez les jus sans attendre. Et surtout, mastiquez… encore et encore !

## La viande crue

Comme pour le poisson, je choisis mon boucher avant de choisir ma viande. Avec monsieur Louis, je suis sûre d'avoir de la viande de qualité, des morceaux de choix issus d'animaux ayant été élevés par des petits producteurs respectueux des animaux et de l'environnement.

## Le poisson cru

Si je devais ne donner qu'un conseil, ce serait celui-ci : uniquement du poisson frais ! Pour info, le poisson frais ne sent pas mauvais, ne dégage aucune odeur d'ammoniac, au pire ça sent la mer, un point c'est tout !

- Avant d'acheter son poisson, il faut choisir son poissonnier. Je sais que le mien me conseillera le meilleur, et j'ai toute confiance en lui. N'hésitez pas à lui demander de vider le poisson, de lever les filets, d'enlever la peau... Il sait le faire, et il a certainement de bien meilleurs outils que vous.

- En général, je choisis avec l'aide de mon poissonnier un bon poisson de saison, et ensuite seulement j'opte pour une recette. En faisant l'inverse, on a souvent tendance à se rabattre sur un poisson « moyen », qu'on prend quand même sans être complètement convaincu... On se dit qu'on verra bien, et puis on est déçu par la recette !

- Pour déguster du poisson frais, voici une règle élémentaire : il faut le passer directement de l'étal du poissonnier au frigo, puis à votre assiette le jour même. N'attendez surtout pas quelques jours pour le manger ! Avant de le placer dans la partie haute de votre frigo, rincez-le et emballez-le dans du papier sulfurisé.

- Attention aux bactéries : on en trouve de plus en plus dans le poisson cru. Ma Si vous avez peur des bactéries, une petite astuce consiste à passer le poisson au congélo pendant 48 heures. Il suffira ensuite de le décongeler lentement en le plaçant dans la partie basse de votre frigo (comptez 6 à 8 heures pour des filets).

Les graines de courge, de lin brun et de moutarde brune se trouvent dans les magasins bio, elles donnent une délicieuse saveur grillée à la soupe.

# Soupe verte aux graines

**POUR 4 PERSONNES**
**PRÉPARATION : 10 MINUTES**

2 concombres

la chair de 2 avocats

2 courgettes

30 cl d'eau

le jus de 2 citrons verts

5 cm de racine de gingembre râpée

**Pour le service**

2 c. à café de graines de courge

2 c. à café de graines de lin brun

2 c. à café de graines de moutarde brune

huile d'olive

fleur de sel et poivre du moulin

Peler les concombres et laver les courgettes. Mixer tous les légumes avec l'eau, le jus de citron et le gingembre pour obtenir un mélange homogène. Rajouter un peu d'eau si c'est nécessaire. Garder au frais.

Servir dans des bols. Au dernier moment, ajouter un filet d'huile d'olive, de la fleur de sel, du poivre, puis parsemer le tout des graines légèrement concassées au pilon.

Si vous ne voulez pas ou que vous ne pouvez pas acheter bio, je vous conseille vivement de laver, de brosser ou d'éplucher vos légumes. Ici, le gingembre bio peut même être râpé sans être épluché !

# Soupe épinards avocat & gingembre

POUR 4 À 6 PERSONNES
PRÉPARATION : 15 MINUTES

1 petit concombre (soit 300 g)

30 cl d'eau

125 g de pousses d'épinard

la chair d'un avocat mûr à point

4 cm de racine de gingembre râpée

le jus d'un citron vert

**Pour le service**

1 c. à café de graines de nigelle (facultatif)

huile d'olive

sel de mer et poivre du moulin

Peler le concombre et le débiter en petits morceaux. Laver les pousses d'épinard et les hacher grossièrement.

Passer tous les ingrédients en même temps au mixeur ou au blender, et servir immédiatement avec un filet d'huile d'olive, très peu de sel et un bon tour de moulin à poivre.

Saupoudrer de graines de nigelle ou de noisettes concassées (facultatif). On peut aussi proposer quelques petites pousses d'épinard, à rajouter à la soupe au dernier moment.

Choisissez des légumes bien frais, ne prenez que des légumes de saison, et si possible de proximité. Il est plus facile de sélectionner une recette d'après son marché que l'inverse !

# La soupe d'India

**POUR 4 PERSONNES**
**PRÉPARATION : 15 MINUTES**

1 petit concombre
(ou ½ gros, soit 300 g)

2 courgettes

2 belles tomates

6 brins de coriandre

1 c. à café de cumin en poudre

1 c. à café de gingembre en poudre

le jus de 1 citron vert

2 c. à café d'huile de sésame

½ c. à café de sel fin

### Pour le service

1 c. à café de graines de carvi

½ c. à café de curcuma en poudre

Peler le concombre et le débiter en petits morceaux (réserver 50 g de concombre, coupé en rondelles très fines). Laver les courgettes et les tomates, puis les couper en petits morceaux. Passer tous les ingrédients (sauf les graines de carvi et le curcuma) en même temps au mixeur ou au blender. Goûter et rectifier l'assaisonnement. Répartir la soupe dans les assiettes creuses, ajouter quelques tranches de concombre et saupoudrer des graines de carvi et du curcuma.

La soupe froide qui réchauffe les papilles ! Si vous hésitez sur le piment, vous pouvez tout à fait en réserver une partie pour le service mais il serait dommage de s'en priver totalement !

# Soupe hot

**POUR 2 À 4 PERSONNES**
**PRÉPARATION : 10 MINUTES**

20 cl d'eau de coco

400 g de tomates

la chair d'un demi-avocat

1 gousse d'ail

4 cm de racine de gingembre

le jus de 1 citron vert

1 petit piment rouge

½ bouquet de coriandre

2 tranches de gingembre confit

huile d'olive

sel de mer

Couper le piment en deux, ôter les graines et réserver l'autre moitié du piment pour la fin si c'est nécessaire. Passer tous les ingrédients au blender ou au mixeur sauf le gingembre. Détailler ce dernier en bâtonnets.

Servir la soupe dans les assiettes creuses et ajouter sur le dessus les bâtonnets de gingembre un filet d'huile d'olive et quelques grains de sel de mer.

Courgette, concombre, coriandre, une association fraîche parfaite pour une soupe d'été. L'huile d'olive et les graines ajoutées à la dernière minute apportent la touche de gourmandise.

# Soupe 3C

**POUR 6 PERSONNES**
**PRÉPARATION : 10 MINUTES**

2 belles courgettes (jaunes, vertes, rondes...)
1 petit concombre
37 cl d'eau
1 c. à soupe de sauce soja bio
½ c. à café d'huile de sésame
½ bouquet de coriandre
huile d'olive
sel et poivre du moulin

**Pour le service**
1 c. à soupe de graines de chanvre
1 c. à soupe de graines de pavot

Éplucher le concombre et le couper en petits morceaux ainsi que les courgettes, bien grattées.

Mettre le tout dans le bol du blender ou du mixeur avec l'eau, la sauce soja, l'huile de sésame, les feuilles de coriandre et un peu de poivre. Mixer. Goûter et rectifier l'assaisonnement.

Arroser d'un trait d'huile d'olive, saupoudrer de graines et déguster tiède, froid ou même un peu glacé l'été.

Ce gaspacho est un bouquet de verdure. Ne le préparez pas trop à l'avance, pour profiter du concentré de vitamines.

# Gaspacho vert

**POUR 4 PERSONNES**
**PRÉPARATION : 15 MINUTES**

2 concombres noa
la chair d'un avocat
1 pomme granny smith
2 oignons nouveaux
2 brins de coriandre
1 brin de menthe
2 brins de basilic
2 brins de persil
2 cm de racine de gingembre
le jus de ½ citron vert
2 c. à soupe d'huile d'olive
sel et poivre

Nettoyer les légumes, la pomme et les herbes, surtout s'ils ne sont pas bio, insister en frottant bien la peau.

Passer tout à la centrifugeuse, sauf l'avocat, puis mixer avec la chair d'avocat, le jus de citron et l'huile d'olive. Saler légèrement et poivrer.

Mettre au réfrigérateur pour servir bien frais. Ajouter quelques glaçons si nécessaire.

**VARIANTE**
Sans centrifugeuse, on peut aussi mixer tous les légumes et les herbes avec le jus de citron et l'huile d'olive pendant quelques minutes. Récupérer ensuite le jus du gaspacho en écrasant cette purée à travers une passoire très fine, et mixer à nouveau avec l'avocat.

Pour un maximum de goûts utilisez des fruits bien mûrs, en particulier les tomates, et ajustez l'assaisonnement et le vinaigre au moment de servir.

# Gaspacho classique

**POUR 4 PERSONNES**
**PRÉPARATION : 20 MINUTES**
**REPOS : 2 HEURES**

4 tomates

1 concombre

½ poivron vert

½ poivron rouge

1 oignon

2 gousses d'ail

2 c. à soupe de vinaigre de vin

3 c. à soupe d'huile d'olive

sel et poivre du moulin

**Pour le service**

2 brins de coriandre avec ou sans fleur

huile d'olive

Laver et couper en morceaux les tomates, le concombre et les poivrons (ôter tous les pépins). Éplucher et émincer l'oignon et l'ail.

Mixer les légumes en soupe fine avec les oignons, l'ail, le vinaigre et 3 cuillères à soupe d'huile d'olive. Saler et poivrer. Vous pouvez passer la préparation au tamis ou dans une passoire très fine avant de la mettre au réfrigérateur.

Verser le gaspacho frais dans des assiettes creuses, arroser d'un filet d'huile d'olive, rectifier l'assaisonnement et parsemer de coriandre ciselée avant de servir.

Cette soupe est très rafraîchissante pour les belles journées d'été !

# Concombre noa & menthe

**POUR 4 PERSONNES**
**PRÉPARATION : 10 MINUTES**

4 concombres noa

4 brins de menthe
(seulement les feuilles)

3 c. à soupe de cassonade

4 c. à soupe de vinaigre balsamique blanc

poivre du moulin

Éplucher les concombres et les couper grossièrement. Les mettre dans le bol du mixeur ou dans le blender avec les feuilles de menthe, le vinaigre, le sucre et quelques tours de moulin à poivre. Mixer, goûter et rectifier l'assaisonnement si c'est nécessaire.

**VARIANTE**
Si vous trouvez de la crème de balsamique blanc, c'est encore meilleur ! Si vous n'avez ni l'un ni l'autre, utilisez tout simplement du vinaigre d'alcool.

Cette soupe est très énergisante et, pour les soirs d'hiver, vous pouvez la chauffer en déposant le récipient dans de l'eau chaude versée au fond de l'évier. Pour rester « cru », attention à ne pas dépasser 42 °C.

# Soupe énergisante

**POUR 4 PERSONNES**
**PRÉPARATION : 15 MINUTES**

100 g de feuilles d'épinard
1 courgette
⅓ tiers de concombre
1 c. à café d'algues wakamé en poudre
8 feuilles de basilic
2 cm de racine de gingembre râpée
2 c. à soupe de sauce soja
1 c. à soupe de purée d'amandes
25 cl d'eau
fleur de sel et poivre du moulin

Laver les feuilles d'épinard et la courgette. Éplucher le concombre et le couper grossièrement, ainsi que la courgette. Mettre dans le bol du mixeur ou dans le blender les feuilles d'épinard, la poudre d'algues, la courgette, le concombre, le basilic, le gingembre, la sauce soja, la purée d'amandes, l'eau, très peu de sel et un peu de poivre. Mixer, goûter et ajouter un peu d'eau si c'est nécessaire.

Les algues se trouvent en magasins bio, sur internet et parfois même en poissonnerie. Les fraîches ont une texture plus agréable mais il est très pratique d'avoir quelques algues séchées dans son placard.

# Salade d'algues

POUR 4 PERSONNES
PRÉPARATION : 10 MINUTES

60 g d'algues wakamé fraîches
20 g d'algues kombu
50 g de radis chinois daïkon
100 g de thon rouge

**Pour l'assaisonnement**
2 c. à café d'huile de sésame
1 c. à café de cassonade
1 c. à soupe de vinaigre de riz
1 c. à soupe de sauce soja légère
1 c. à soupe de nuoc-mâm

**Pour le service**
1 c. à soupe de graines de sésame
1 c. à soupe de riz thaï concassé

Préparer l'assaisonnement en mélangeant l'huile de sésame, le sucre, le vinaigre de riz, la sauce soja et le nuoc-mâm.

Nettoyer le thon et le couper en petits cubes, réserver au frais. Mélanger les algues émincées finement avec le daïkon, pelé et coupé en petits cubes, ajouter le thon et verser l'assaisonnement au dernier moment. Saupoudrer de graines de sésame et de riz concassé avant de servir.

On peut utiliser des algues déshydratées à la place des fraîches, les tremper dans une grande quantité d'eau tiède pendant 20 à 30 minutes.

Vous pouvez préparer le mélange de légumes à l'avance et le garder au frais. En revanche, je vous conseille de ciseler la menthe et d'assaisonner au dernier moment.

# Tartare légumes & graines en tout genre

**POUR 6 PERSONNES**
**PRÉPARATION : 30 MINUTES**

4 belles tomates bien fermes

½ poivron jaune ou orange

1 courgette bien ferme

2 poignées de pousses de soja

2 oignons nouveaux

20 g de graines germées de chou rouge

2 brins de menthe ciselés

1 c. à soupe de graines de tournesol

1 c. à soupe de graines de courge

1 c. à soupe de pignons

1 c. à soupe de graines de lin

**Pour l'assaisonnement**

½ citron

3 c. à soupe d'huile d'olive

quelques gouttes de Tabasco®

fleur de sel et poivre du moulin

**Pour le service**

1 c. à café de gomasio

Bien laver les légumes, surtout s'ils ne sont pas bio... Couper les tomates en deux, ôter les pépins et les détailler en petits cubes. Répéter l'opération avec le poivron. Débiter la courgette en petits cubes, les pousses de soja en mini tronçons, et émincer finement les oignons.

Concasser grossièrement toutes les graines (tournesol, courge, pignons, graines de lin).

Pour l'assaisonnement, mélanger le jus du demi-citron, l'huile d'olive, le Tabasco®, un peu de sel et de poivre.

Mélanger tous les légumes avec la menthe et les graines, verser la vinaigrette, mélanger intimement et servir immédiatement.

Répartir le tartare de légumes dans les assiettes, saupoudrer de gomasio et donner un tour de moulin à poivre.

Croquants à souhaits, ces rouleaux sont parfaits pour emporter ou pour servir à l'apéro.

# Rouleaux de chou & petites sauces

**POUR 10 ROULEAUX**
**PRÉPARATION : 25 MINUTES**
**FRIGO : 1 HEURE**

10 petites feuilles de chou (collard, kalé)

100 g de radis chinois daïkon

½ carotte

½ mangue

la chair d'un demi-avocat

¼ de concombre

20 g de graines de radis germées

2 c. à soupe de graines de sésame

**Pour la sauce n° 1**

70 g de beurre de cacahuètes avec des morceaux

1 datte dénoyautée et hachée

½ gousse d'ail écrasée

1 c. à café de sauce soja

1 pincée de piment en poudre

**Pour la sauce n° 2**

4 c. à café de miso blanc

1 gousse d'ail écrasée

2 cm de racine de gingembre râpée

4 c. à café de jus de citron vert

2 c. à café de tahin

Nettoyer et sécher les feuilles de chou. Éplucher le radis et la carotte, et les râper.

Couper la mangue, l'avocat et le concombre bien lavé en bâtonnets. Déposer à l'extrémité de chaque feuille de chou un peu de radis, de carotte, de mangue, d'avocat, de concombre, de graines de radis et de graines de sésame.

Rouler les feuilles, les emballer dans du film alimentaire et mettre au frais au moins 1 heure.

Préparer les sauces : mélanger tous les ingrédients de chaque sauce et rallonger avec un peu d'eau si c'est nécessaire.

Déguster les rouleaux de chou aux légumes avec les petites sauces.

Cette salade nécessite des produits ultra frais et croquants. N'achetez pas en grosse quantité : les légumes s'abîment rapidement.

# Salade toute verte & colza

**POUR 6 PERSONNES**
**PRÉPARATION : 15 MINUTES**

4 asperges vertes
10 g de petits pois
1 petite courgette bien ferme
1 poignée de pousses d'épinard
20 g de graines de radis germées
2 c. à soupe d'huile de colza
2 c. à soupe d'huile d'olive
fleur de sel et poivre du moulin

**Pour le service**
4 brins de coriandre

Nettoyer tous les légumes. Éplucher les asperges, couper le pied et débiter le reste en fines lamelles. Écosser les petits pois et les passer 2 à 3 secondes au mixeur pour les concasser. Trancher la courgette très finement. Mélanger tous les légumes, ajouter les graines germées.

Mélanger les deux huiles, saler un peu et poivrer, puis arroser la salade. Au moment de servir, parsemer de coriandre ciselée.

Choisissez les plus belles tomates de saison pour cette recette : noires, jaunes, rouges, cerises, cœur de bœuf, de Sardaigne… Mélangez les couleurs !

# Plein de tomates & gingembre

POUR 4 PERSONNES
PRÉPARATION : 15 MINUTES
MARINADE : 1 NUIT
REPOS : 2 HEURES

400 g de tomates de toutes sortes

**Pour la vinaigrette**

4 cm de racine de gingembre râpée (voire plus si affinité !)

1 c. à soupe de sauce soja bio

6 c. à soupe d'huile d'olive

sel et poivre du moulin

Choisir de belles tomates de saison. La veille, mettre dans un petit pot de confiture le gingembre, la sauce soja et l'huile d'olive. Fermer, secouer et mettre au frais.

Bien nettoyer les tomates, les sécher et les couper en quartiers plus ou moins gros pour avoir des morceaux de la même taille si possible. Arroser avec la vinaigrette à travers une petite passoire pour la filtrer et mettre au réfrigérateur 2 heures.

Au moment de servir, saupoudrer un peu de sel et donner quelques tours de moulin à poivre.

Cette recette est délicieuse lorsque le radis blanc est bien enrobé de sauce, laissez donc reposer le plat 2 minutes avant d'ajouter les cacahuètes et de servir… mais pas trop longtemps car il risquerait de ramollir.

# Radis blanc râpé, sauce thaïe

**POUR 4 PERSONNES**
**PRÉPARATION : 15 MINUTES**

350 g de radis blanc daïkon

1/3 de bouquet de coriandre fraîche

**Pour la sauce**

1 c. à café de sirop d'érable

1 c. à soupe de sauce nuoc-mâm

1 c. à café de sauce soja bio

1 c. à soupe d'huile de tournesol

1 c. à café d'huile de sésame

½ petit piment rouge

**Pour le service**

le jus et le zeste de 1 citron vert non traité

1 c. à soupe de cacahuètes concassées

Éplucher les radis et les râper finement. Ciseler la coriandre et la mélanger au radis. Trancher le piment en deux, enlever les pépins et le hacher. Attention à bien se laver les mains après !

Préparer la sauce en mélangeant le jus de citron, le sirop d'érable, la sauce nuoc-mâm, la sauce soja, l'huile de tournesol, l'huile de sésame et le piment haché. Arroser la salade de sauce, mélanger.

Au moment de servir, parsemer de cacahuètes concassées et de zeste de citron vert.

Pour éviter que les herbes ne cuisent dans la sauce (car il y a du citron), ciselez-les et mélangez-les au dernier moment.

# Taboulé de graines germées

**POUR 6 PERSONNES**
**PRÉPARATION : 25 MINUTES**
**REPOS : 3 HEURES**

1 chou-fleur

1 petit concombre

2 oignons frais

20 g de graines germées au choix

40 g de semoule de couscous semi-complète

4 brins de menthe

4 brins de persil plat

**Pour la sauce**

3 c. à soupe d'huile de colza

2 c. à soupe d'huile de noisette

poivre du moulin

Dans un grand récipient, mélanger le jus de citron, les huiles et 2 ou 3 tours de moulin à poivre.

Nettoyer le chou-fleur et garder uniquement les petits bouquets, couper toutes les tiges. À l'aide d'une mandoline, les râper pour obtenir des petits grains de chou-fleur. Laver le concombre, ôter les pépins et le couper en petits cubes. Éplucher et hacher l'oignon.

Verser tous les ingrédients dans la sauce : le chou-fleur, les dés de concombre, l'oignon, les graines germées, la semoule et les herbes ciselées. Mélanger bien et mettre au frais au moins 3 heures. Remuer de temps en temps. Avant de servir, goûter et rectifier l'assaisonnement.

Préférez les agrumes bio lorsque vous souhaitez utiliser le zeste, c'est là que les mauvais pesticides sont concentrés mais aussi les bonnes vitamines !

# Betterave crue, noix & pamplemousse

**POUR 4 PERSONNES**
**PRÉPARATION : 15 MINUTES**
**MARINADE : 2 HEURES**

4 petites betteraves crues

1 pamplemousse non traité

1 échalote

1 c. à soupe de noix fraîches concassées

4 brins de persil plat

1 c. à soupe de noix de pécan concassées

4 c. à soupe d'huile d'olive

1 c. à café de crème de balsamique

sel et poivre du moulin

Éplucher les betteraves (avec des gants si possible, sinon les mains deviennent toutes roses...). Les couper en petits cubes façon « tartare ». Récupérer le jus de la moitié du pamplemousse et réserver l'autre moitié. Verser le jus de pamplemousse sur le tartare et mettre au frais 2 heures.

Éplucher et hacher l'échalote. Égoutter grossièrement le tartare pour qu'il soit encore bien humide, ajouter l'échalote, les noix concassées, le persil ciselé, l'huile d'olive, la crème de balsamique, un peu de sel et de poivre. Mélanger intimement.

Répartir les tartares dans quatre petites assiettes et râper sur le dessus le zeste de l'autre moitié de pamplemousse.

On peut préparer cette recette à l'avance et laisser mariner les légumes toute une nuit. Ils seront légèrement moins croquants mais encore plus goûteux.

# Carpaccio de légumes

POUR 4 À 6 PERSONNES
PRÉPARATION : 30 MINUTES
MARINADE : 2 HEURES

4 bouquets de chou-fleur

2 bouquets de brocoli

16 tranches de radis noir

1 navet

1 carotte violette

1 carotte orange

2 topinambours

1 petite courgette jaune bien ferme

1 petite betterave jaune

**Pour la marinade**

le jus de 1 citron

2 c. à soupe de cassonade

3 c. à soupe d'huile de colza

1,5 c. à soupe d'huile de noisette

1,5 c. à soupe d'huile d'olive

**Pour le service**

2 brins de basilic

2 c. à soupe de noisettes concassées

sel de mer et poivre du moulin

Bien laver tous légumes, surtout s'ils ne sont pas bio... Éplucher le radis noir, le navet, les carottes et les topinambours. Avec la mandoline, trancher tous les légumes en carpaccio très fin et les répartir dans un grand plat, en une seule couche si possible.

Mélanger le jus de citron avec le sucre et les huiles. Verser la marinade sur les légumes et mettre au réfrigérateur au minimum 2 heures (jusqu'à une nuit complète). Essayer de tourner les légumes une ou deux fois.

Au moment de servir, saler légèrement, poivrer, saupoudrer des noisettes et ajouter le basilic frais sur le dessus.

Cette salade est une merveille lorsqu'elle est servie bien fraîche, ne négligez pas de la mettre au frais.

# Fenouil, olives & piment

**POUR 6 PERSONNES**
**PRÉPARATION : 25 MINUTES**

2 ou 3 bulbes de fenouil, selon la grosseur

2 c. à soupe d'olives noires dénoyautées

1 piment rouge

2 gousses d'ail

**Pour la sauce**

6 tomates cerises

le jus de ½ citron vert

4 c. à soupe d'huile d'olive

fleur de sel et poivre du moulin

À l'aide d'un bon couteau (ou d'une mandoline), détailler les bulbes de fenouil en fins bâtonnets. Les nettoyer à l'eau et les égoutter. Trancher les olives en rondelles. Couper le piment rouge en deux, enlever les graines et le hacher. Hacher les gousses d'ail. Mélanger le fenouil avec les olives, l'ail et le piment rouge.

Préparer la sauce en passant au mixeur les tomates, le jus de citron, l'huile d'olive, un peu de sel et de poivre.

Mélanger la salade avec la sauce, mettre au frigo.

Les betteraves multicolores font de ce plat un véritable tableau, mais cette recette est tout aussi bonne avec des betteraves classiques.

# Carpaccio de betteraves multicolores

**POUR 4 PERSONNES**
**PRÉPARATION : 15 MINUTES**

300 g de betteraves crues (jaunes, roses, violettes...)

quelques fleurs de fenouil (facultatif)

**Pour l'assaisonnement**

1 c. à soupe d'huile de noisette

1 c. à soupe d'huile de courge

1 c. à soupe d'huile d'olive

1 c. à soupe de crème de balsamique blanc

fleur de sel et poivre du moulin

Dans un premier temps, mettre des gants en latex... la betterave tache énormément !

Éplucher les betteraves et les émincer le plus finement possible à l'aide d'un couteau très tranchant ou, mieux encore, d'une mandoline.

Préparer l'assaisonnement en mélangeant les huiles, la crème de balsamique et un peu de sel et de poivre.

Arroser le carpaccio de sauce et le parsemer de fleurs de fenouil (facultatif).

Le pak-choï est une variété de chou chinois que vous trouverez assez facilement, son croquant est irremplaçable.

# Pak-choï & bonite séchée

**POUR 4 PERSONNES**
**PRÉPARATION : 15 MINUTES**

2 petits pak-choï

4 c. à soupe de noix de cajou concassées

2 c. à soupe de bonite séchée

**Pour l'assaisonnement**

1 c. à soupe de tahin

2 c. à soupe de vinaigre d'umébosis

2 c. à soupe d'huile de noisette

Couper l'extrémité des tiges des choux. Laver et sécher les feuilles de chou puis les découper en lanières de 1 cm de large.

Préparer l'assaisonnement : mélanger le tahin, le vinaigre d'umébosis et l'huile de noisette.

Verser les lanières de chou, l'assaisonnement et les noix de cajou dans un saladier. Mélanger puis ajouter, au dernier moment, la bonite séchée et déguster immédiatement.

Cette salade peut être préparée à l'avance et se conserve sans problème quelques heures au frais. Dans ce cas, n'ajoutez la poutargue qu'au moment de servir.

# Salade de légumes & poutargue

**POUR 4 PERSONNES**
**PRÉPARATION : 20 MINUTES**

1 courgette bien ferme
1 carotte violette
1 navet jaune
4 asperges vertes
1 petite betterave crue
40 g de poutargue

**Pour la sauce**
2 c. à soupe d'huile de colza
2 c. à soupe d'huile d'olive
sel de mer et poivre du moulin

Nettoyer tous les légumes et les frotter, surtout s'ils ne sont pas bio. Les éplucher, sauf la courgette. Trancher tous les légumes à la mandoline le plus finement possible.

Pour les asperges, utiliser plutôt le couteau économe ou un rasoir à légumes.

Disposer tous les légumes étalés dans un grand plat. Arroser des deux huiles mélangées, saupoudrer de sel (très peu) et de poivre.

À l'aide du couteau économe, faire de très fines tranches de poutargue et les répartir sur le dessus. Déguster immédiatement.

Selon la saison et vos goûts, n'hésitez pas à faire varier les légumes de cette recette : courgettes ou patates douces en spaghettis, fanes, graines germées etc.

# Pad thaï tout cru

**POUR 4 PERSONNES**
**PRÉPARATION : 25 MINUTES**

1 petit radis chinois daïkon
300 g d'asperges vertes
½ poivron rouge ou vert
2 oignons verts
100 g de pousses d'épinard
1/3 de bouquet de coriandre

**Pour la sauce**
2 c. à soupe d'huile d'olive
1 gousse d'ail écrasée
2 c. à soupe de vinaigre de cidre
le jus et le zeste de 1 citron vert
1 c. à café de sauce soja bio
2 pincées de piment en poudre
sel et poivre du moulin

**Pour le service**
1 c. à soupe de noix de cajou

Éplucher le radis et, à l'aide d'une mandoline adaptée, le découper en spaghettis. Nettoyer et couper en tronçons les petites asperges (ou les émincer en lanières avec un couteau économe). Laver le poivron, ôter les graines et le débiter en petits morceaux. Émincer les oignons de la tête au pied ! Rincer et égoutter les pousses d'épinard. Mélanger tous les légumes, ajouter la coriandre ciselée.

Préparer la sauce : mélanger l'huile d'olive, le vinaigre, l'ail, le jus et le zeste de citron, la sauce soja et le piment. Ajouter un peu de sel et de poivre, et verser sur les légumes. Bien mélanger et servir avec les noix de cajou grossièrement concassées.

Selon la saison et ses goûts, ajouter ou changer les légumes : courgettes ou patates douces en spaghettis, petits pois hachés, graines germées, radis, fanes...

Si vous n'avez pas d'extracteur, vous pouvez utiliser une centrifugeuse, même si le résultat ne sera pas le même. La centrifugeuse a une vitesse de rotation rapide qui élève la température et supprime une partie des substances vivantes des aliments.

# Jus d'herbe n°1

POUR 2 PERSONNES
PRÉPARATION : 5 MINUTES

150 g de chou gras
1 concombre bio
100 g de pousses d'épinard
le jus de 1 citron vert

Trancher le chou et le concombre grossièrement. Si le concombre n'est pas bio, il vaut mieux l'éplucher.

Passer tous les ingrédients dans un extracteur et boire immédiatement.

Plus qu'un jus, c'est surtout un « shot » d'herbes extra-fort !

# Jus d'herbe n° 2

**POUR 2 PERSONNES**
**PRÉPARATION : 5 MINUTES**

100 g de carotte

150 g de concombre

60 g de pousses d'alfalfa

160 g de pousses de tournesol

25 g de persil

Trancher les carottes et le concombre grossièrement.

Passer tous les ingrédients dans un extracteur et boire immédiatement. Plus qu'un jus, c'est surtout un « shot » d'herbes extra-fort !

Attention au mélange de verdures ! On peut se contenter du persil, mais si on ajoute de l'aneth, de la menthe ou de l'estragon, c'est plus fort en goût… Mettez-en avec parcimonie !

# Jus d'herbe n° 3

**POUR 2 PERSONNES**
**PRÉPARATION : 5 MINUTES**

150 g de chou vert frisé

120 g de céleri-branche

60 g de graines germées au choix

120 g de verdures (persil, cerfeuil, aneth, estragon…)

Trancher le chou vert et le céleri-branche grossièrement. Attention au mélange de verdure à doser avec parcimonie si on le souhaite plus ou moins fort en goût.

Passer tous les ingrédients dans un extracteur et boire immédiatement.

Simple et efficace !

# Smoothie vert GLT7

**POUR 4 VERRES**
**PRÉPARATION : 5 MINUTES**

½ concombre

le jus de ½ citron vert

15 cl de jus de pamplemousse frais

la chair d'un avocat

100 g de roquette

les feuilles de 3 brins de menthe

10 cl de lait de coco

10 cl d'eau de source

quelques glaçons (facultatif)

Passer tous les ingrédients au blender ou à défaut au mixeur. Rallonger avec quelques glaçons et un peu plus d'eau de source si c'est nécessaire.

Pour varier les goûts en gardant du vert, remplacez le persil par du pissenlit.

# Smoothie vert JIG42

**POUR 2 VERRES**
**PRÉPARATION : 5 MINUTES**

2 poires bien mûres
1 banane
4 feuilles de chou frisé
1 bouquet de persil plat
le jus de ½ citron vert
25 cl d'eau minérale

Éplucher les fruits. Passer tous les ingrédients au blender ou à défaut au mixeur. Boire immédiatement avec quelques glaçons !

On peut utiliser une centrifugeuse pour extraire le jus des poires, ce sera encore meilleur !

Si vous n'avez pas de centrifugeuse, mettez les ingrédients dans le blender ou le mixeur et mixer progressivement pour obtenir un mélange liquéfié.

# Smoothie vert ER

**POUR 2 VERRES**
**PRÉPARATION : 5 MINUTES**

3 pommes
50 g de cranberries (canneberges) fraîches ou surgelées
la chair d'un demi-avocat
20 g de pourpier
2 brins de menthe
15 cl d'eau minérale

Ôter le trognon des pommes. Passer les pommes coupées en morceaux à la centrifugeuse puis les cranberries. Verser les jus obtenus dans le blender ou le mixeur, et mélanger aux autres ingrédients. Déguster immédiatement avec ou sans glaçons.

**VARIANTE**
Vous pouvez remplacer le pourpier par de la mâche, et les cranberries, par du jus pur (environ 5 cuillères à soupe).

Choisissez une mangue et un ananas bien mûrs pour qu'ils soient bien sucrés.

# Smoothie vert MMB

POUR 2 VERRES
PRÉPARATION : 5 MINUTES

¼ d'ananas
la chair d'une mangue
le jus de 1 citron vert
1 poignée de roquette
3 dattes dénoyautées
1 gousse de vanille
10 cl d'eau minérale

Éplucher le quart d'ananas et le passer à la centrifugeuse. Fendre la gousse de vanille en deux et récupérer les graines avec la pointe d'un couteau. Éplucher la mangue et enlever le noyau.

Mettre les graines de vanille et les morceaux de mangue dans le blender ou le mixeur avec le jus d'ananas, le jus de citron, la roquette lavée, les dattes et l'eau minérale. Mixer et déguster immédiatement avec ou sans glaçons.

On peut aussi utiliser directement des fruits frais passés à la centrifugeuse pour cette recette. Comptez 3 oranges pour obtenir 25 cl de jus.

# Smoothie sucré Maé

**POUR 2 VERRES**
**PRÉPARATION : 5 MINUTES**

25 cl de jus d'orange bio
la chair de deux mangues
8 feuilles de basilic

Éplucher les mangues. Passer tous les ingrédients au mixeur ou au blender et déguster immédiatement. Ajouter quelques glaçons pour un jus plus frais.

On peut utliser une centrifugeuse pour faire le jus de mangue et le jus d'orange. Pour 25 cl, il faudra 3 oranges.

L'eau de coco est vendue en petite brique individuelle, vous en trouverez facilement en magasin bio et dans certains supermarchés.

# Smoothie sucré Java

**POUR 2 VERRES**
**PRÉPARATION : 5 MINUTES**

la chair de ¼ d'ananas
la chair de ½ mangue
la chair de 1 pêche
10 cl d'eau de coco

Éplucher l'ananas, la mangue et la pêche.

Passer tous les ingrédients au mixeur ou au blender et déguster immédiatement.

Cette recette est gourmande : les morceaux de poisson doivent être taillés assez gros.

# Thon-citron

**POUR 4 PERSONNES**
**PRÉPARATION : 15 MINUTES**
**FRIGO : 1 HEURE**

600 g de thon rouge gras dans le filet

le jus de 2 citrons jaunes

100 g de radis chinois daïkon

½ citron confit

8 brins de coriandre fraîche

2 c. à café d'huile de sésame

2 c. à soupe d'huile d'olive

À l'aide d'un couteau bien aiguisé, découper le thon en sashimi assez épais : on doit obtenir des rectangles d'environ 4 à 5 cm de long et de 0,5 à 1 cm d'épaisseur.

Verser le jus de citron dans un grand plat et étaler les sashimis sur une face. Couvrir et mettre au frigo 1 heure. Éplucher et râper le daïkon. Hacher le citron confit (enlever les pépins !) et ciseler la coriandre. Mélanger ces trois ingrédients avec les deux huiles et mettre aussi au frais.

Égoutter les sashimis, les déposer à nouveau dans un grand plat et répartir la préparation au citron confit sur le dessus avant de servir.

Le sésame noir n'apporte pas qu'une touche de déco ici, il a aussi un goût plus profond et permet véritablement de relever le plat.

# Thon-passion-coco

**POUR 6 PERSONNES**
**PRÉPARATION : 20 MINUTES**
**REPOS : 1 HEURE**

600 g de thon rouge gras dans le filet

3 fruits de la passion

6 c. à café de lait de coco

1 oignon vert (bulbe et tige)

1 c. à soupe de sésame noir

sel de mer et poivre du moulin

Placer le morceau de thon au congélateur pendant au moins 1 heure.

Pendant ce temps, préparer la sauce. Émincer l'oignon vert. Couper les fruits de la passion et récupérer à l'aide d'une petite passoire, uniquement le jus des fruits (écraser les pépins avec une cuillère pour obtenir le maximum de jus). Le mélanger au lait de coco, avec l'oignon, un peu de sel et de poivre du moulin.

À l'aide d'un couteau bien aiguisé (avec une lame plus ou moins longue selon l'épaisseur du poisson), émincer le thon en tranches d'environ 2 mm d'épaisseur. Déposer ces tranches dans un grand plat ou les répartir dans des assiettes. Réserver au frais.

Au moment de servir, verser la sauce sur le poisson et saupoudrer de sésame noir.

Pour un goût plus doux, vous pouvez remplacer l'huile de pépin de raisin par de l'huile de tournesol.

# Thon cru & vinaigrette Thérèse

**POUR 4 PERSONNES**
**PRÉPARATION : 10 MINUTES**

400 g de thon rouge gras dans le filet

4 cm de gingembre haché fin

le jus de l citron vert

1 c. à soupe de moutarde forte

1 c. à soupe de sauce soja bio

3 c. à soupe d'huile de pépin de raisin

1 citron vert

Laver les morceaux de poisson, les essuyer et les couper en morceaux de la taille d'une bouchée.

Mixer le gingembre, le jus de citron, la moutarde, la sauce soja et l'huile de pépin de raisin pour obtenir une sorte de vinaigrette épaisse.

Proposer les morceaux de poisson bien frais et la sauce à part pour un petit apéro entre potes, avec quelques quartiers de citron vert pour ceux qui aiment.

Les topinanmbours coupés s'oxydent rapidement, n'attendez pas pour les mélanger à la marinade.

# Tartare de Saint-Jacques, topinambours, vanille

**POUR 6 PERSONNES**
**PRÉPARATION : 15 MINUTES**

20 noix de Saint-Jacques
très fraîches, sans corail

4 petits topinambours bien fermes

2 gousses de vanille

1 c. à soupe de noisettes hachées

2 brins de cerfeuil

4 c. à soupe d'huile d'olive

sel de mer et poivre du moulin

Fendre les gousses de vanille en deux et récupérer les graines dans un bol à l'aide d'un petit couteau. Verser l'huile d'olive dans le bol, mélanger et réserver.

Rincer et sécher les noix de saint-jacques, puis les couper en petits morceaux. Éplucher les topinambours et les détailler en petits cubes. Mélanger les Saint-Jacques, les topinambours, les noisettes hachées et le cerfeuil ciselé. Arroser d'huile parfumée à la vanille, poivrer et saler légèrement. Réserver quelques minutes au frais avant de déguster.

Les langoustines sont un produit fragile. Expliquez à votre poissonnier que vous souhaitez les consommer crues, elles devront être très fraîches voire vivantes.

# Langoustines crues & pimentées

**POUR 4 PERSONNES**
**PRÉPARATION : 20 MINUTES**

16 langoustines très fraîches (de calibre moyen)

le jus et le zeste de 1 citron vert non traité

2 pincées de piment d'Espelette

quelques fleurs de coriandre (facultatif)

3 c. à soupe d'huile d'olive

sel de mer

Décortiquer les langoustines : enlever la tête, la carapace et le boyau, qui donne de l'amertume. Les déposer dans un grand plat. Couvrir d'un film alimentaire et garder au frais jusqu'au moment de déguster.

Préparer l'assaisonnement : mélanger 3 cuillères à soupe d'huile d'olive avec le jus de citron, un peu de sel et le piment d'Espelette. Juste avant de servir, verser la sauce sur les langoustines, saupoudrer du zeste et parsemer de fleurs de coriandre.

Si vous ne trouvez pas de radis de toutes les couleurs, les radis roses classiques feront tout à fait l'affaire.

# Tartare de bar gingembre & radis

**POUR 6 PERSONNES**
**PRÉPARATION : 20 MINUTES**
**MARINADE : 6 HEURES OU UNE NUIT**

600 g de filet de bar

3 c. à soupe de gingembre râpé

1 botte de radis de toutes les couleurs

quelques fleurs de coriandre (facultatif)

5 à 10 cl d'huile d'olive

sel de mer et poivre du moulin

Nettoyer le poisson et l'éponger. Tapisser le fond d'un grand plat avec la moitié de gingembre, déposer les filets de poisson dessus et les parsemer de l'autre moitié du gingembre. Arroser avec 5 à 10 cl d'huile d'olive et laisser macérer au frais recouvert de film alimentaire au moins 6 heures... et au maximum 12 heures.

Nettoyer les radis, garder les fanes pour une prochaine soupe et les couper en petits cubes. Essuyer les filets et les trancher en petits morceaux à l'aide d'un couteau bien aiguisé. Mélanger le poisson et les radis. Filtrer l'huile d'olive.

Au moment de servir, répartir le tartare dans les assiettes, arroser d'un trait d'huile d'olive filtrée, saler légèrement et poivrer un peu. Déguster immédiatement ou laisser au frais le temps de passer à table.

Le piment est évidemment à ajuster selon son goût mais essayez avec !

# Ceviche de rascasse

**POUR 4 PERSONNES**
**PRÉPARATION : 20 MINUTES**
**FRIGO : 2 HEURES**

400 g de filet de rascasse bien frais

10 tomates cerises

le jus et le zeste de 2 citrons verts non traités

1/2 petit piment rouge

1 petit oignon jaune

1/2 c. à café de cassonade

10 brins de coriandre

4 brins de persil plat

huile d'olive

sel et poivre du moulin

Trancher le piment en deux, ôter les graines (avec des gants – attention, c'est très très fort, bien se laver les mains après !) et le couper en petits morceaux. Éplucher et émincer l'oignon jaune. Préparer la marinade avec le jus de citron, la cassonade, la moitié des herbes ciselées, l'oignon et le piment.

Trancher le poisson lavé et essoré en lamelles plus ou moins épaisses selon son goût (ou même en cubes), les déposer dans un plat et verser la marinade dessus. Mettre au frigo pendant 2 heures au minimum (plus on le laissera mariner, plus le poisson sera cuit).

Laver les tomates, les couper en deux, les épépiner et les détailler en petits morceaux.

Servir le ceviche parsemé de morceaux de tomate, saler et poivrer très légèrement. Finir en saupoudrant l'autre moitié des herbes ciselées et le zeste, et en arrosant d'un filet d'huile d'olive.

Si vous n'avez pas le courage ou le temps de préparer des noix de coco fraîches, utilisez du lait de coco en brique, c'est bien plus rapide et (presque) aussi bon !

# Poissons crus & coconut

**POUR 4 PERSONNES**
**PRÉPARATION : 40 MINUTES**

400 g de filets de poissons très frais (thon, cabillaud, daurade, lieu...)

1 oignon frais, bulbe et tige

½ concombre

le jus de 3 citrons verts

2 noix de coco fraîches

sel et poivre du moulin

Laver les morceaux de poisson, les essuyer et les couper en cubes. Émincer finement tout l'oignon. Éplucher le concombre, ôter les graines et le couper en petits morceaux. Casser les noix de coco, récupérer la chair et la râper.

Placer la noix de coco râpée au milieu d'un torchon. Rabattre les bords de façon à former une boule et serrer pour récupérer le lait. Il faudra s'y prendre à plusieurs fois pour récupérer tout le jus des noix de coco. On peut aussi utiliser une centrifugeuse ou remplacer par 15 cl de lait de coco en brique.

Mélanger le lait de coco, le poisson, l'oignon et le concombre ; mettre au frais. Juste avant de servir, verser le jus des citrons, saler légèrement et poivrer.

N'hésitez pas à demander à votre poissonnier de vider le poisson, de lever les filets... Il sait le faire, et il a certainement de bien meilleurs outils que vous.

# Maquereaux tout crus & lait de coco

**POUR 6 PERSONNES**
**PRÉPARATION : 15 MINUTES**
**MARINADE : 6 HEURES**

6 filets de maquereau très frais
15 cl de lait de coco
le jus de 1 citron vert
6 tomates cerises
½ petit piment rouge (facultatif)
6 brins de coriandre
quelques brins de ciboulette
sel et poivre

Rincer les filet et les trancher dans la longueur de façon à enlever les arêtes qui auraient pu échapper au poissonnier.

Mélanger le lait de coco et le jus de citron vert, saler un peu et poivrer. Déposer les filets de maquereau dans un récipient et verser la moitié du mélange coco/citron. Recouvrir de film alimentaire et mettre au réfrigérateur 6 heures.

Couper les tomates en quartiers pour enlever les pépins et la partie un peu dure. Les couper en petits morceaux. Hacher le piment (facultatif) et veiller à enlever les graines. Ajouter les tomates et le piment dans l'autre moitié du mélange coco/citron. Égoutter les filets, les servir saupoudrés des herbes ciselées et arrosés d'un trait de sauce.

Pour cette recette on peut préparer la marinade à l'avance, il n'y aura plus qu'à ajouter les huîtres.

# Huîtres marinées & acidulées

**POUR 12 HUÎTRES**
**PRÉPARATION : 15 MINUTES**
**MARINADE : 1 HEURE**

1 douzaine d'huîtres
(fines de claires n° 3)

le jus et le zeste de ½ citron vert non traité

3 brins de coriandre fraîche ciselés

1 c. à soupe d'huile d'olive

poivre du moulin

Préparer la marinade dans un plat avec le jus et le zeste de citron vert, la coriandre hachée et l'huile d'olive.

Ouvrir les huîtres et jeter leur première eau. À l'aide d'une fourchette à huîtres, les détacher délicatement du coquillage, pour ne pas les abîmer. Conserver les coquilles. Déposer les huîtres dans la marinade, couvrir et mettre au réfrigérateur 30 minutes. Les retourner, puis les couvrir et les mettre à nouveau au frais pendant 30 minutes.

Au moment de servir, déposer chaque huître dans une coquille et donner un tour de moulin à poivre. Déguster immédiatement.

Demandez à votre poissonnier du saint-pierre extra-frais pour manger cru !

# Saint-pierre & huile de réglisse

**POUR 4 PERSONNES**
**PRÉPARATION : 15 MINUTES**
**MARINADE : 6 HEURES**

200 g de filets de saint-pierre

1 bâton de réglisse

2 c. à soupe d'huile d'olive

2 c. à soupe d'huile de noisette (ou de courge)

1 poignée de pousses de betterave

fleur de sel

Déposer les filets lavés et essuyés dans un plat, arroser du mélange des deux huiles et râper sur le dessus le bâton de réglisse. Recouvrir de film alimentaire et mettre au frigo 6 heures. Au bout de 3 heures, retourner les filets de poisson et râper à nouveau de la réglisse sur le dessus.

Trancher les filets en plusieurs tronçons, les répartir dans les assiettes et les arroser d'un filet de marinade. Saupoudrer de fleur de sel. Ajouter quelques feuilles de betterave, assaisonnées au préalable avec la marinade.

Vous pouvez demander au poissonnier d'enlever la carapace des homards et d'ôter l'intestin.

# Ceviche de homard & citron vert

**POUR 4 PERSONNES**
**PRÉPARATION : 25 MINUTES**
**REPOS : 4 HEURES**

2 queues de homard crues

1 oignon frais

20 g de poivron rouge

1 petite poignée de pousses de cresson (facultatif)

le zeste de 1 citron vert

**Pour la marinade**

1 c. à soupe d'algues dulse hachées

3 c. à soupe de jus de citron vert (ou de yuzu)

1 c. à café de sauce soja bio

1 c. à soupe de vinaigre de riz

2 c. à soupe d'huile de tournesol

1 pincée de piment d'Espelette

Demander au poissonnier d'enlever la carapace des homards et de retirer les intestins. Placer les queues de homard emballées dans du film alimentaire au congélateur pendant 2 heures.

Préparer la marinade : mélanger les algues, le jus de citron, la sauce soja, le vinaigre de riz, l'huile de tournesol et le piment d'Espelette ; réserver.

Tailler l'oignon et le poivron en très petits cubes, vraiment très petits ! À l'aide d'un couteau bien aiguisé, trancher les queues de homard finement et les répartir dans les assiettes.

Arroser de marinade et parsemer d'oignon, de poivron hachés, ainsi que de zeste de citron vert. Recouvrir chaque assiette de film alimentaire et mettre au réfrigérateur 2 heures. Déguster bien frais, avec des pousses de cresson (facultatif).

Le tahin est une purée de sésame qu'on trouve facilement dans les magasins bio.

# Sauce sésame & clémentines

**POUR 4 PERSONNES**
**PRÉPARATION : 5 MINUTES**

2 c. à café de tahin
le jus de 2 clémentines
1 cm de racine de gingembre râpée
2 c. à café de sirop d'érable
1 c. à café de sauce soja bio
1 c. à soupe de vinaigre de riz
1 c. à café d'huile de tournesol
poivre du moulin

Mélanger tous les ingrédients au mixeur et assaisonner de poivre selon son goût.

Servir cette vinaigrette avec des carottes, des radis, des navets râpés... ou tout simplement sur une belle salade verte bien croquante.

Cette vinaigrette accompagnera parfaitement une salade de légumes tranchés finement ou une belle salade verte.

# Vinaigrette tomates séchées

**POUR 1 PETIT POT (2 OU 3 SALADES)**
**PRÉPARATION : 5 MINUTES**

6 demi-tomates séchées
2 c. à soupe de pignons
5 c. à soupe de vinaigre balsamique
1 petite c. à café de sel de mer
20 cl d'huile d'olive
1 c. à soupe de poivre du moulin

Mettre tous les ingrédients dans le bol du mixeur et donner quelques impulsions afin d'obtenir une belle vinaigrette un peu crémeuse avec des petits morceaux de tomate et des pignons.

Cette vinaigrette se conserve dans un bocal au réfrigérateur.

Pour varier les goûts, remplacez le tartare d'algues par du gingembre râpé.

# Vinaigrette, avocat, orange & soja

**POUR 6 PERSONNES**
**PRÉPARATION : 5 MINUTES**

la chair d'un avocat mûr à point
le jus de ½ orange
1 c. à soupe de sauce soja
2 c. à soupe de vinaigre de riz
5 cl d'huile d'olive
½ c. à soupe de tartare d'algues (voir page 114)
sel de mer et poivre du moulin

Mettre tous les ingrédients dans le robot (sauf l'huile d'olive) et mixer pour obtenir une consistance homogène. Ajouter l'huile et mélanger. Si la vinaigrette est encore un peu épaisse, rajouter un peu plus d'huile.

Servir avec une bonne salade de pousses d'épinard et de betterave.

Pensez à bien remuer le pot de vinaigrette avant de la verser sur votre salade !

# Vinaigrette do brasil

**POUR 1 PETIT POT (3 OU 4 SALADES)**
**PRÉPARATION : 5 MINUTES**

12 cl d'huile d'olive
3 c. à soupe de jus d'orange frais
2 c. à café de jus de citron frais
1 c. à café de miel
2 c. à café de vinaigre de vin rouge
½ c. à café de piment de Cayenne
sel et poivre

Fouetter tous les ingrédients ensemble afin d'obtenir une belle vinaigrette.

Cette vinaigrette est parfaite avec 1 petit ananas en dés, 2 avocats en petits morceaux, une belle poignée de salade croquante et un peu de coriandre ciselée.

Un classique, indispensable !

# Guacamole n° 1

**POUR 4 À 6 PERSONNES**
**PRÉPARATION : 10 MINUTES**

- la chair de 2 avocats mûrs à point
- 1 petit oignon nouveau haché (bulbe et tige)
- 1 petit piment rouge haché
- la chair d'une tomate sans la peau ni les pépins
- 3 brins de coriandre ciselés
- le jus de 1 citron vert
- 4 ou 5 gouttes de Tabasco®
- ½ c. à café de sel de mer

Mettre tous les ingrédients dans le bol d'un mixeur et donner quelques impulsions. Mixer plus ou moins selon son goût. On peut aussi écraser les avocats à la fourchette et intégrer ensuite le reste des ingrédients.

### ASTUCE

Garder un des noyaux d'avocat et le placer dans la préparation avant de déguster pour éviter que le guacamole ne s'oxyde. Vous pouvez aussi recouvrir le guacamole de film alimentaire au contact de la préparation, puis le mettre au frigo.

Si vous préférez le guacamole avec des morceaux, écrasez l'avocat à la fourchette.

# Guacamole n° 2

POUR 4 À 6 PERSONNES
PRÉPARATION : 10 MINUTES

la chair de 2 avocats mûrs à point
2 ou 3 feuilles d'oseille hachées
1 petit oignon nouveau haché (bulbe et tige)
le jus de ½ orange
1 pincée de piment d'Espelette
½ c. à café de sel de mer

Mettre tous les ingrédients dans le bol d'un mixeur et donner quelques impulsions. Mixer plus ou moins selon son goût.

Vous pouvez aussi écraser les avocats à la fourchette et intégrer ensuite le reste des ingrédients.

Cette mayonnaise accompagne divinement tous les légumes crus mais elle est aussi parfaite avec un filet de bœuf cru bien poivré.

# Fausse mayo-avocat

**POUR 6 PERSONNES**
**PRÉPARATION : 5 MINUTES**

la chair de 2 avocats

10 cl d'huile d'olive

2 c. à soupe de sirop d'érable

1/3 de bouquet de ciboulette

le jus d'un citron vert très juteux ou de deux un peu fermes

quelques gouttes de Tabasco®

sel et poivre du moulin

Mixer tous les ingrédients pour obtenir une consistance homogène.

Cette sauce est aussi parfaite avec d'autres herbes fraîches comme l'estragon (en mettre moins car le parfum est très puissant), la coriandre, le cerfeuil ou le basilic...

À déguster avec des légumes crus... de saison !

# Dip de petits pois

**POUR 1 PETIT POT**
**PRÉPARATION : 15 MINUTES**

100 g de petits pois écossés (320 g en cosses)

½ échalote

30 g de tahin

5 cl d'huile d'olive

½ c. à café de noix de muscade en poudre

1 c. à café de sauce soja

sel et poivre

Mettre tous les ingrédients dans le bol d'un mixeur et donner quelques impulsions pour obtenir une consistance homogène. Goûter et rectifier l'assaisonnement si c'est nécessaire.

Réserver au frigo jusqu'au moment de déguster.

Ce tartare est délicieux avec des légumes crus mais aussi comme assaisonnement sur un tartare par exemple.

# Tartare d'algues maison

**POUR 1 PETIT POT**
**PRÉPARATION : 10 MINUTES**
**RÉHYDRATATION : 15 MINUTES**
**MARINADE : 2 HEURES**

1 poignée d'un mélange d'algues séchées (wakamé, dulse, nori, laitue de mer)

1 échalote

1 c. à soupe de câpres hachées

le jus et le zeste de 1 citron jaune non traité

6 c. à soupe d'huile d'olive

Réhydrater 15 minutes les algues dans de l'eau. Les égoutter et les hacher si c'est nécessaire (ou les mixer très rapidement en veillant à ne pas les réduire en purée).

Éplucher et hacher l'échalote avec les câpres. Mélanger les algues avec l'échalote, les câpres et le zeste de citron.

Verser le jus du citron (en mettre d'abord la moitié, puis en ajouter plus tard si c'est nécessaire) et l'huile d'olive. Transférer dans un petit pot et laisser mariner 2 heures avant de déguster. Garder au frais quelques jours.

Pas d'inquiétude s'il reste quelques morceaux au moment du mixage… ce sera encore meilleur !

# Pâte à tarte I

**POUR 8 À 10 PERSONNES**
**PRÉPARATION : 10 MINUTES**
**TREMPAGE : 1 HEURE**
**CONGÉLO : 1 HEURE**

50 g de pignons
170 g d'amandes
170 g de dattes dénoyautées (13 dattes)
3 c. à soupe de miel
2,5 cl d'eau

Faire tremper les amandes au moins 1 heure dans un peu d'eau tiède. Les égoutter et les mettre dans le mixeur avec les autres ingrédients. Donner quelques impulsions pour obtenir une pâte homogène. La pâte doit être bien amalgamée et ne pas coller aux doigts. Si elle est trop sèche, c'est que les dattes ne sont pas assez hydratées ; ajouter alors un peu d'eau (par petites quantités).

La pâte se conserve au frigo quelques jours, soit emballée dans du film alimentaire, soit enfermée dans une boîte hermétique.

Étaler la pâte dans le fond d'un moule sur 1 cm d'épaisseur en s'aidant de ses doigts. Terminer en tassant avec le fond d'un verre plat et humide.

Avant de remplir la tarte, la placer pendant 1 heure au congélo ou quelques heures au frigo.

Riche et gourmande, cette pâte à tarte est un ingrédient à part entière des tartes crues !

# Pâtes à tarte 2

**POUR 8 À 10 PERSONNES**
**PRÉPARATION : 10 MINUTES**
**TREMPAGE : 1 HEURE**
**REPOS : 1 HEURE**

170 g de noix décortiquées

170 g d'amandes

10 dattes dénoyautées

5 cl d'eau

Faire tremper les amandes au moins 1 heure dans un peu d'eau tiède. Les égoutter et les mettre dans le mixeur avec les autres ingrédients. Donner quelques impulsions pour obtenir une pâte homogène. Ce n'est pas grave s'il reste des petits morceaux... c'est d'ailleurs meilleur ! La pâte doit être bien amalgamée et ne pas coller aux doigts. Si elle est trop sèche, c'est que les dattes ne sont pas assez hydratées ; ajouter alors un peu d'eau (par petites quantités).

Étaler la pâte dans le fond d'un moule sur 1 cm d'épaisseur en s'aidant de ses doigts. Terminer en tassant avec le fond d'un verre plat et humide.

Avant de remplir la tarte, la placer pendant 1 heure au congélateur ou quelques heures au réfrigérateur.

Elle se conserve au réfrigérateur quelques jours, soit emballée dans du film alimentaire, soit enfermée dans une boîte hermétique.

Certes le lait d'amande nécessite un peu de temps, mais son goût et son onctuosité sont incomparables.

# Lait d'amande

**POUR 1 LITRE**
**PRÉPARATION : 30 MINUTES**
**TREMPAGE : 8 À 12 HEURES**

150 g d'amandes fraîches non émondées

eau minérale (ou filtrée)

Faire tremper les amandes non émondées dans de l'eau minérale pendant 8 à 12 heures. Les rincer, les égoutter et leur enlever la peau qui devrait partir toute seule. Veiller à ce qu'elles soient toutes bien propres.

Mettre les amandes dans le blender avec 1 litre d'eau minérale. Mixer 4 fois pendant 15 secondes, en attendant 30 secondes entre deux brassages pour ne pas chauffer les amandes et donc détériorer leurs apports. Filtrer avec un chinois ou une passoire en nylon (ne pas utiliser de métal).

Voici la version gourmande du lait d'amande, ajustez la quantité de dattes selon votre goût.

# Lait d'amande glacé et sucré

**POUR 1 LITRE**
**PRÉPARATION : 30 MINUTES**
**TREMPAGE : 8 À 12 HEURES**

150 g d'amandes fraîches non émondées

eau minérale (ou filtrée)

10 dattes bien fraîches

Réaliser un lait d'amande-maison (p. 120).

Le mixer les dattes bien fraîches, dénoyautées et coupées en petits morceaux, et avec quelques glaçons. Filtrer ou non la préparation selon son goût.

La déguster immédiatement ou plus tard, après l'avoir placée au congélo 1 heure pour la servir bien glacée… une merveille !

Cette recette nécessite un long temps de repos, l'idéal est donc de mettre les noisettes à tremper et de les oublier toute une nuit.

# Lait de noisette

**POUR 1 LITRE**
**PRÉPARATION : 10 MINUTES**
**TREMPAGE : 8 À 12 HEURES**

150 g de noisettes décortiquées
eau minérale (ou filtrée)

Faire tremper les noisettes décortiquées dans de l'eau minérale pendant 8 à 12 heures. Les rincer, égoutter et veiller à ce qu'elles soient toutes bien propres.

Mettre les noisettes dans le blender avec 1 litre d'eau minérale. Mixer 4 fois pendant 15 secondes en attendant 30 secondes entre deux brassages pour ne pas chauffer les noisettes et donc détériorer leurs apports.

Filtrer avec un chinois ou une passoire en nylon (ne pas utiliser de métal).

À utiliser dans les smoothies, pour accompagner des desserts ou même nature... c'est délicieux.

# Lait de noisette chocolaté

**POUR 1 LITRE**
**PRÉPARATION : 10 MINUTES**
**TREMPAGE : 8 À 12 HEURES**

150 g de noisettes décortiquées

eau minérale (ou filtrée)

4 dattes fraîches

5 c. à soupe de poudre de caroube (magasins bio) ou de cacao bio

Réaliser un lait de noisettes-maison (p. 124).

Pour une version chocolatée, ajouter les dattes bien fraîches dénoyautées et coupées en petits morceaux dans le blender ainsi que la caroube ou le cacao bio. Déguster ou garder au frais pour le petit déj' des enfants...

Attention cette pâte à tartiner est très addictive. Elle se consomme telle quelle ou bien étalée sur un fond de tarte par exemple.

# Pâte à tartiner

POUR 1 PETIT POT
PRÉPARATION : 5 MINUTES

6 c. à soupe de purée de noix de cajou
2 c. à soupe de cacao en poudre bio
2 c. à soupe de sirop d'agave
3 c. à soupe de sucre glace bio
1 c. à soupe de poudre de noisettes

Mélanger tous les ingrédients au mixeur ou à la main, et garder dans un bocal hermétique.

On peut aussi remplacer la purée de noix de cajou de la purée de noisettes (dans ce cas, ne rajoutez pas de poudre de noisettes).

Cette tarte est un délice. Sa texture bien moelleuse ravira tous les gourmands.

# Tarte chococo

POUR 8 PERSONNES
PRÉPARATION : 20 MINUTES
REPOS : 3 HEURES
TREMPAGE : 5 HEURES

**Pour la base**

170 g de noix décortiquées

170 g d'amandes

10 dattes dénoyautées

5 cl d'eau

1 c. à café de sel de mer

**Pour la garniture**

150 g de noix de cajou

35 g de cacao en poudre bio

25 g de pulpe de noix de coco

10 cl de sirop d'agave

4 c. à soupe de beurre de noix de coco

1 c. à café de sel de mer

eau minérale

Faire tremper les noix de cajou dans de l'eau minérale pendant au moins 5 heures (ou une nuit, si possible !).

Préparer la base de la tarte en suivant les instructions des page 126 en ajoutant 1 cuillère à café de sel de mer dans le mixeur.

Étaler la pâte à la main dans un moule à tarte à fond amovible. Terminer en s'aidant du fond d'un verre plat et humide, et enlever l'excédent de pâte sur le bord. Laisser reposer au congélateur pendant 1 heure.

Égoutter les noix de cajou et mixer tous les ingrédients pour obtenir une préparation homogène. Verser sur le fond de pâte et mettre au réfrigérateur pendant au moins 2 heures avant de servir.

Vous ne verrez plus les fraises de la même façon après les avoir révélées avec le poivre Sichuan !

# Tarte aux fraises & au poivre

**POUR 6 PERSONNES**
**PRÉPARATION : 20 MINUTES**
**REPOS : 1 HEURE**

**Pour la base**
50 g de pignons
170 g d'amandes
13 dattes dénoyautées
3 c. à soupe de miel
2,5 cl d'eau
1 c. à café de sel de mer

**Pour la garniture**
500 g de fraises de saison (gariguettes)
poivre du Sichuan

Préparer la base de la tarte en suivant les instructions page 126 en ajoutant 1 cuillère à café de sel de mer dans le mixeur.

Étaler la pâte à la main sur une grande surface (terminer en tassant avec le fond d'un verre plat et humide) et, à l'aide d'une assiette ou d'un emporte-pièce, découper 6 disques. Emballer chacun d'eux dans du papier sulfurisé et laisser reposer au congélateur pendant 1 heure, ou quelques heures au réfrigérateur.

Nettoyer très rapidement les fraises et les égoutter. Les équeuter et les trancher dans l'épaisseur en 3 ou 4 lamelles. Sortir les disques de pâte et y disposer les fraises en rosace. Réserver au frais, mais ne pas attendre trop longtemps sinon les fruits vont s'abîmer !

Juste avant de servir, donner 4 ou 5 tours de moulin à poivre du Sichuan.

En version salée ou sucrée, ce gâteau est un concentré de fraîcheur.

# Gâteau cru aux herbes

**POUR 6 PERSONNES**
**PRÉPARATION : 15 MINUTES**
**REPOS : 2 H 30**
**TREMPAGE : 1 HEURE**

**Pour la base**
50 g de pignons
170 g d'amandes
13 dattes dénoyautées
3 c. à soupe de miel
2,5 cl d'eau
1 c. à café de sel
1 c. à soupe de jus de citron

**Pour la crème fouettée aux herbes**
150 g de noix de cajou
20 cl de lait d'amande
5 cl de miel liquide
½ c. à café de sel
1 c. à soupe de lécithine
½ bouquet de cerfeuil ciselé
½ bouquet de ciboulette ciselée
sel et poivre du moulin

Préparer la base de la tarte en suivant les instructions page 126 en ajoutant 1 cuillère à café de sel et 1 cuillère à soupe de jus de citron dans le mixeur. Faire tremper les noix de cajou dans de l'eau minérale. Étaler la pâte à la main et à l'aide d'un emporte-pièce, découper 6 disques de pâte. Les emballer dans du papier sulfurisé et laisser reposer au congélateur pendant 1 heure, ou quelques heures au réfrigérateur.

Mixer les noix de cajou égouttées, le lait d'amande, le miel et le sel, pour obtenir une pâte lisse. Ajouter la lécithine et les herbes ciselées, goûter et rectifier en sel et en poivre si c'est nécessaire. Réserver au frais 1 heure.

Sortir les 6 disques de pâte et monter les gâteaux un par un. Remettre à chaque fois la pâte dans l'emporte-pièce et garnir de crème fouettée aux herbes. Enlever délicatement l'emporte-pièce, le laver et répéter l'opération avec le disque suivant. Mettre au frais au moins 30 minutes.

Pour une variante sucrée, remplacer les herbes par des fruits rouges, et les mettre sur la pâte avant de garnir de crème fouettée. Ne pas saler !

Bien acidulée et peu sucrée, cette tarte fera le bonheur des amateurs de desserts.

# Tarte au citron

POUR 8 À 10 PERSONNES
PRÉPARATION : 20 MINUTES
REPOS : 3 HEURES
TREMPAGE : 5 HEURES

**Pour la base**
50 g de pignons
170 g d'amandes
13 dattes dénoyautées
3 c. à soupe de miel
2,5 cl d'eau
le zeste de 2 citrons non traités

**Pour la garniture**
150 g de noix de cajou
1 c. à café de vanille en poudre
le jus de 2 citrons (5 cl)
4 c. à soupe d'huile de coco
eau minérale

Faire tremper les noix de cajou dans de l'eau minérale pendant au moins 5 heures (ou une nuit si possible !).

Préparer la base de la tarte en suivant les instructions de la page 126 et en ajoutant le zeste d'un citron.

Étaler la pâte à la main dans un moule à tarte à fond amovible. Terminer en s'aidant du fond d'un verre plat et humide, et enlever l'excédent de pâte sur le bord. Laisser reposer au congélateur pendant 1 heure.

Égoutter les noix de cajou et mixer tous les ingrédients pour obtenir une préparation homogène. Verser sur le fond de pâte et mettre au réfrigérateur pendant au moins 2 heures. Au moment de servir, parsemer la garniture du zeste du deuxième citron.

Si vous souhaitez utiliser un ananas frais, placez des morceaux pelés au congélateur pendant au moins 3 heures avant de faire le sorbet. Il faudra alors peut-être ajuster la quantité de sirop d'érable.

# Sorbet ananas, sauge & gingembre

POUR 4 PERSONNES
PRÉPARATION : 10 MINUTES

1 kg de pulpe d'ananas congelée
2 cm de racine de gingembre râpée
1 à 2 c. à soupe de sirop d'érable
5 feuilles de sauge
poivre du moulin

Placer les morceaux d'ananas dans le mixeur. Ajouter le gingembre et le sirop d'érable, puis mixer pour obtenir une préparation homogène. Changer la lame du robot pour celle qui sert normalement à pétrir la pâte. Ajouter la sauge ciselée et donner 2 ou 3 tours de moulin à poivre. Laisser tourner le robot quelques secondes pour mélanger et avoir un sorbet plus onctueux.

Déguster immédiatement ou placer au congélateur, dans un bac. Dans ce cas, attendre 2 à 3 heures pour le manger, voire plus ! Il sera moins onctueux, mais pas mal quand même...

Sans sucres ajoutés, ce dessert est parfait pour terminer un repas. Accompagnez ce sorbet de quelques myrtilles fraîches.

# Sorbet orange & myrtilles

**POUR 6 PERSONNES**
**PRÉPARATION : 10 MINUTES**

la pulpe de 5 oranges congelées (pelées à vif et coupées en morceaux)

250 g de myrtilles congelées

2 cm de racine de gingembre râpée

le jus d'un citron

Placer les fruits dans le mixeur. Ajouter le gingembre et le jus de citron, puis mixer pour obtenir une préparation homogène. Changer la lame du robot pour celle qui sert normalement à pétrir la pâte et laisser tourner le robot quelques secondes pour mélanger et avoir un sorbet plus onctueux.

Déguster immédiatement ou placer au congélateur, dans un bac pendant 2 à 3 heures. Le sortir 15 minutes avant de le déguster !

# Index

## A

**ALGUES**
Ceviche de homard & citron vert...........96
Salade d'algues...........28
Soupe énergisante...........26
Tartare d'algues maison...........114
Vinaigrette avocat, orange & soja...........102

**AMANDE**
Gâteau cru aux herbes...........136
Lait d'amande...........120
Lait d'amande glacé & sucré...........122
Pâte à tarte 1...........116
Pâte à tarte 2...........118
Soupe énergisante...........26
Tarte au citron...........136
Tarte aux fraises & au poivre...........132
Tarte chococo...........130

**ANANAS**
Smoothie sucré Java...........72
Smoothie vert MMB...........68
Sorbet ananas, sauge et gingembre...........138

**ASPERGE**
Pad thaï tout cru...........54
Salade de légumes & poutargue...........52
Salade toute verte & colza...........34

**AVOCAT**
Fausse mayo-avocat...........110
Gaspacho vert...........20
Guacamole n° 1...........106
Guacamole n° 2...........108
Rouleaux de chou & petites sauces...........32
Smoothie vert ER...........66
Smoothie vert GLT7...........62
Soupe épinards avocat & gingembre...........12
Soupe hot...........16
Soupe verte aux graines...........10
Vinaigrette avocat, orange & soja...........102

## B

**BANANE**
Smoothie vert JIG42...........64

**BAR**
Tartare de bar gingembre & radis...........84

**BASILIC**
Carpaccio de légumes...........44
Gaspacho vert...........20

Smoothie sucré Maé...........70
Soupe énergisante...........26

**BETTERAVE**
Betterave crue, noix
  & pamplemousse...........42
Carpaccio de betteraves
  multicolores...........48
Carpaccio de légumes...........44
Salade de légumes & poutargue...........52

**BONITE**
Pak choï & bonite séchée...........50

**BROCOLI**
Carpaccio de légumes...........44

## C

**CAROTTE**
Carpaccio de légumes...........44
Jus d'herbe n° 2...........58
Rouleaux de chou & petites sauces...........32
Salade de légumes & poutargue...........52

**CÉLERI**
Jus d'herbe n° 3...........60

**CERFEUIL**
Tartare de saint-Jacques,
  topinambours, vanille...........80

**CHOU**
Carpaccio de légumes...........44
Jus d'herbe n° 1...........56
Jus d'herbe n° 3...........60
Rouleaux de chou & petites sauces...........32
Smoothie vert JIG42...........64
Taboulé de graines germées...........40

**CITRON**
Carpaccio de légumes...........44
Sorbet orange & myrtilles...........140
Tartare d'algues maison...........114
Tarte au citron...........136
Thon-citron...........74
Vinaigrette do Brasil...........104

**CITRON VERT**
Ceviche de homard & citron vert...........96
Ceviche de rascasse...........86
Fausse mayo-avocat...........110
Fenouil, olives & piment...........46
Gaspacho vert...........20
Guacamole n° 1...........106
Huîtres marinées & acidulées...........92

Jus d'herbe n° 1...........56
La soupe d'India...........14
Langoustines crues & pimentées...........82
Maquereaux tout crus
  & lait de coco...........90
Pad thaï tout cru...........54
Poissons crus & coconut...........88
Radis blanc râpé, sauce thaïe...........38
Rouleaux de chou & petites sauces...........32
Smoothie vert GLT7...........62
Smoothie vert JIG42...........64
Smoothie vert MMB...........68
Soupe épinards avocat & gingembre...........12
Soupe hot...........16
Soupe verte aux graines...........10
Thon cru & vinaigrette Thérèse...........78

**CLÉMENTINE**
Sauce sésame & clémentines...........98

**COCO**
Maquereaux tout crus
  & lait de coco...........90
Poissons crus & coconut...........88
Smoothie sucré Java...........74
Smoothie vert GLT7...........64
Soupe hot...........16
Tarte au citron...........138
Tarte chococo...........132
Thon-passion-coco...........78

**CONCOMBRE**
3C...........18
Concombre noa & menthe...........24
Gaspacho classique...........22
Gaspacho vert...........20
Jus d'herbe n° 1...........58
Jus d'herbe n° 2...........60
La soupe d'India...........14
Poissons crus & coconut...........90
Rouleaux de chou & petites sauces...........32
Smoothie vert GLT7...........64
Soupe énergisante...........26
Soupe épinards avocat & gingembre...........12
Soupe verte aux graines...........10
Taboulé de graines germées...........42

**CORIANDRE**
3C...........18
Ceviche de rascasse...........88
Gaspacho classique...........22
Guacamole n° 1...........108
Huîtres marinées & acidulées...........94
La soupe d'India...........14

Langoustines crues & pimentées...........84
Maquereaux tout crus
  & lait de coco...........92
Pad thaï tout cru...........56
Radis blanc râpé, sauce thaïe...........40
Soupe hot...........16
Tartare de bar gingembre & radis...........86
Thon-citron...........76

**COURGETTE**
3C...........18
Carpaccio de légumes...........46
La soupe d'India...........14
Salade de légumes & poutargue...........54
Salade toute verte & colza...........34
Soupe énergisante...........26
Soupe verte aux graines...........10
Tartare légumes
  & graines en tout genre...........30

## D

**DATTE**
Gâteau cru aux herbes...........136
Lait d'amande glacé & sucré...........124
Lait de noisette chocolaté...........128
Pâte à tarte 1...........118
Pâte à tarte 2...........120
Smoothie vert MMB...........70
Tarte au citron...........138
Tarte aux fraises & au poivre...........134
Tarte chococo...........132

## E

**ÉPINARD**
Jus d'herbe n° 1...........42
Pad thaï tout cru...........40
Poisson & bouillon vert...........104
Salade toute verte & colza...........22
Soupe épinards avocat & gingembre...........10

## F

**FENOUIL**
Carpaccio de betteraves
  multicolores...........50
Fenouil, olives & piment...........48

**FRAISE**
Tarte aux fraises & au poivre...........134
Thon-passion-coco...........56

## G

**GINGEMBRE**
Gaspacho vert ........................................ 20
La soupe d'India .................................... 14
Plein de tomates & gingembre .......... 36
Rouleaux de chou & petites sauces ... 32
Sauce sésame & clémentines ........... 100
Sorbet ananas, sauge et gingembre .. 140
Sorbet orange & myrtilles ................. 142
Soupe énergisante ............................... 26
Soupe épinards avocat & gingembre .. 12
Soupe hot ............................................... 16
Soupe verte aux graines ..................... 10
Tartare de bar gingembre & radis ..... 86
Thon cru & vinaigrette Thérèse ........ 80

**GRAINES**
3C .............................................................. 18
Rouleaux de chou & petites sauces .. 32
Salade d'algues ..................................... 28
Soupe épinards avocat & gingembre .. 12
Soupe verte aux graines ..................... 10
Tartare légumes
   & graines en tout genre ................ 30

**GRAINES GERMÉES**
Jus d'herbe n° 2 .................................... 60
Jus d'herbe n° 3 .................................... 62
Rouleaux de chou & petites sauces .. 32
Salade toute verte & colza ................. 34
Taboulé de graines germées ............. 42
Tartare légumes
   & graines en tout genre ................ 30

## H

**HOMARD**
Ceviche de homard & citron vert ..... 98

**HUÎTRE**
Huîtres marinées & acidulées ........... 94

## L

**LANGOUSTINE**
Langoustines crues & pimentées ..... 84

**LIEU**
Poissons crus & coconut .................... 90

## M

**MANGUE**
Rouleaux de chou & petites sauces .. 32

Smoothie sucré Java ........................... 74
Smoothie sucré Maé ........................... 72
Smoothie vert MMB ............................ 70

**MAQUEREAU**
Maquereaux tout crus
   & lait de coco ................................... 92

**MENTHE**
Concombre noa & menthe ................ 24
Gaspacho vert ...................................... 20
Smoothie vert ER ................................. 68
Smoothie vert GLT7 ............................. 64
Taboulé de graines germées ............ 42
Tartare légumes
   & graines en tout genre ............... 30

**MYRTILLE**
Sorbet orange & myrtilles ................ 142

## N

**NAVET**
Carpaccio de légumes ....................... 46

**NOISETTE**
Lait de noisette .................................. 126
Lait de noisette chocolaté ............... 128
Pâte à tartiner .................................... 130
Tartare de St-Jacques, topinambours,
   vanille ............................................... 82

**NOIX (noix, pécan, cajou…)**
Betterave crue, noix
   & pamplemousse ........................... 44
Gâteau cru aux herbes .................... 136
Pad thaï tout cru ................................. 56
Pak choï & bonite séchée .................. 52
Pâte à tarte 2 ..................................... 120
Pâte à tartiner ................................... 130
Tarte au citron ................................... 138
Tarte chococo ................................... 132

## O

**OLIVE**
Fenouil, olives & piment ................... 48

**ORANGE**
Smoothie sucré Maé ........................... 72
Sorbet orange & myrtilles ............... 142
Vinaigrette avocat, orange & soja .. 104
Vinaigrette do Brasil ........................ 106

## P

**PAK-CHOÏ**
Pak choï & bonite séchée .................. 52

**PAMPLEMOUSSE**
Betterave crue, noix
   & pamplemousse ........................... 44
Smoothie vert GLT7 ............................ 64

**PÊCHE**
Smoothie sucré JAVA .......................... 74

**PERSIL**
Betterave crue, noix
   & pamplemousse ........................... 44
Ceviche de rascasse ........................... 88
Gaspacho vert ..................................... 20
Jus d'herbe n° 2 ................................... 60
Jus d'herbe n° 3 ................................... 62
Smoothie vert JIG42 ........................... 66
Taboulé de graines germées ............ 42

**PETITS POIS**
Dip de petits pois .............................. 114
Salade toute verte & colza ................ 34

**POIRE**
Smoothie vert JIG42 ........................... 66

**POIVRON**
Ceviche de homard & citron vert .... 98
Gaspacho classique ............................ 22
Pad thaï tout cru ................................. 56
Tartare légumes
   & graines en tout genre ............... 30

**POMME**
Gaspacho vert ..................................... 20
Smoothie vert ER ................................ 68

**POUTARGUE**
Salade de légumes & poutargue ..... 54

## R

**RADIS**
Carpaccio de légumes ....................... 46
Pad thaï tout cru ................................. 56
Radis blanc râpé, sauce thaïe .......... 40
Rouleaux de chou & petites sauces .. 32
Salade d'algues ................................... 28
Tartare de bar gingembre & radis .. 86
Thon-citron .......................................... 76

**RASCASSE**
Ceviche de rascasse ........................... 88

**RÉGLISSE**
Saint-pierre & huile de réglisse ........ 96

**ROQUETTE**
Smoothie vert GLT7 ............................ 64
Smoothie vert MMB ............................ 70

## S

**SAINT-JACQUES**
Tartare de St-Jacques,
   topinambours, vanille ................... 82

**SAINT-PIERRE**
Saint-pierre & huile de réglisse ........ 96

**SEMOULE**
Taboulé de graines germées ............ 42

**SPECK**
Asperges croquantes,
   mimolette & speck ........................ 38

## T

**THON**
Poissons crus & coconut .................... 90
Salade d'algues ................................... 28
Thon cru & vinaigrette Thérèse ....... 80
Thon-citron .......................................... 76
Thon-passion-coco ............................. 78

**TOMATE**
Ceviche de rascasse ........................... 88
Fenouil, olives & piment ................... 48
Gaspacho classique ............................ 22
La soupe d'India .................................. 14
Maquereaux tout crus
   & lait de coco ................................. 92
Plein de tomates & gingembre ....... 36
Soupe hot ............................................. 16
Tartare légumes
   & graines en tout genre ............... 30
Vinaigrette tomates séchées .......... 102

**TOPINAMBOUR**
Carpaccio de légumes ....................... 46
Tartare de St-Jacques,
   topinambours, vanille ................... 82

## V

**VANILLE**
Smoothie vert MMB ............................ 70
Tartare de St-Jacques,
   topinambours, vanille ................... 82
Tarte au citron ................................... 138

Publié pour la première fois sous le titre *Cru* par Hachette Livre (Marabout) en 2013

Tous droits réservés. Toute reproduction ou utilisation de l'ouvrage sous quelque forme et par quelque moyen électronique, photocopie, enregistrement ou autre que ce soit est strictement interdite sans l'autorisation de l'éditeur.

©Hachette Livre (Marabout) 2017
58, rue Jean Bleuzen, 92178 Vanves Cedex

Dépôt légal : Mai 2017
978-2-501-12085-2
46-7117-1

Mise en pages : Frédéric Voisin
Achevé d'imprimer en mars 2017 sur les presses de Graficas Estella, Espagne

MARABOUT
s'engage pour l'environnement
en réduisant l'empreinte carbone
de ses livres.
Celle de cet exemplaire est de :
**800 g éq. CO$_2$**
Rendez-vous sur
www.marabout-durable.fr